D1322961

Nous remercions le Conseil des Arts du Canada,
le ministère du Patrimoine canadien et la SODEC
de l'aide accordée à notre programme de publication.

 Patrimoine   Canadian
canadien   Heritage

Illustration de la couverture
et illustrations intérieures :
Béatrice Favereau

Édition électronique :
Infographie DN

Dépôt légal : 1er trimestre 2001
Bibliothèque nationale du Canada
Bibliothèque nationale du Québec

123456789 AGMV 054321

LE MAGICIEN ENSORCELÉ

DE LA MÊME AUTEURE

Les souliers magiques, conte, Hurtubise HMH, 2000.
Pour l'amour d'Émilie, nouvelles, l'Hexagone, 1989.

Données de catalogage avant publication (Canada)

Bonenfant, Christine, 1953-

    Le magicien ensorcelé

    (Collection Sésame ; 30)
    Pour enfants de 6 à 8 ans.

    ISBN 2-89051-792-6

    I. Titre II. Collection.

PS8553.O542M33 2001   jC843'.54   C00-942140-8
PS9553.O542M33 2001
PZ23.B66Ma 2001

CHRISTINE BONENFANT

LE MAGICIEN
ensorcelé

roman

ÉDITIONS
PIERRE TISSEYRE

5757, rue Cypihot, Saint-Laurent (Québec) H4S 1R3
Téléphone: (514) 334-2690 – Télécopieur: (514) 334-8395
Courriel: ed.tisseyre@erpi.com

À Joël et à Émilie,
que la magie a transportés jusqu'ici

UN TOUR DE MAGIE
QUI TOURNE MAL

Rapapipe, magicien de profession, vivait comme un roi. C'était facile : il n'avait qu'à donner un petit coup de baguette, et hop ! un château surgissait. Un autre coup de baguette, et voilà qu'apparaissaient des tours et des tourelles, un pont-levis et des donjons ! Rapapipe, évidemment, ne s'était pas arrêté là. Il avait entouré le château de magnifiques jardins. Il avait ajouté des étangs, sur lesquels barbotaient des canards un peu criards. Entre les arbres, qui avaient poussé par magie aussi, voltigeaient des oiseaux de toutes sortes : colibris et mésanges, geais bleus et cardinaux, passerins indigo. C'était vraiment très beau !

L'intérieur du château, décoré somptueusement, contenait des dizaines de pièces qui rivalisaient de beauté.

En réalité, il ne manquait qu'une chose à Rapapipe pour que son bonheur atteigne la perfection : une personne, de préférence une princesse, avec laquelle il pourrait partager sa vie dans son paradis. La princesse à laquelle il rêvait possédait toutes les qualités qu'il recherchait : une chevelure couleur de blé mûr, une peau douce comme le duvet d'un oiseau, une voix pareille à celle du ruisseau coulant gaiement près du château. Sa robe, de soie et de broderie, la rendait

encore plus jolie. Quel agréable caractère elle avait aussi ! Douce, patiente, affectueuse et, surtout, sensible au grand talent du magicien ! Parfois, l'imagination de Rapapipe s'emballait : il se voyait marchant main dans la main avec sa princesse. Il faisait apparaître tout ce que la belle désirait. Elle s'émerveillait alors des dons innombrables de Rapapipe, le remerciant de tant de générosité. Le plaisir la faisait rougir. Le cœur de Rapapipe se gonflait de fierté…

Un matin, le magicien décida que c'en était assez de rêver : il allait transformer son rêve en réalité ! Avant le petit-déjeuner, il saisit sa baguette magique, et hop ! il fit apparaître une jeune fille.

Hélas ! quelle déception ! L'apparition ne correspondait pas du tout à la princesse imaginée ! Ses cheveux, par exemple, que Rapapipe souhaitait longs et blonds, étaient noirs et courts. Elle n'affichait pas non plus un air doux et romantique ; elle avait plutôt l'air fâché. Et puis, au lieu d'avoir revêtu une jolie robe de mousseline ou de dentelle, avec crinoline et ombrelle, l'apparition portait un vulgaire pantalon et des chaussures avec des boutons! L'apparence générale de la jeune fille manquait assurément de charme. Le magicien n'aimait pas non plus la façon qu'elle avait de le toiser, les mains sur les hanches, d'un air effronté.

2

UN MAGICIEN
DANS LE PÉTRIN

Fort déçu, Rapapipe décida de se débarrasser de l'intruse sur-le-champ. Il comptait l'échanger sans plus tarder contre une vraie princesse. Il donna un coup de baguette. Rien ne se produisit. Il attendit. Rien encore. Étonné, Rapapipe secoua la baguette dans tous les sens. Rien n'y fit. Curieuse, la jeune fille observait les gestes du magicien. Elle se demandait pourquoi il gesticulait ainsi. À vrai dire, elle se demandait surtout ce qu'elle faisait là. Comment avait-elle bien pu être parachutée à cet endroit ? Elle soupira, puis attendit la suite des événements. Le magicien, qui commençait à s'énerver, se remit à secouer la baguette. Il était si fâché qu'il faillit la casser.

La jeune inconnue finit par s'impatienter.

— Mais que faites-vous donc ? Quelles sont ces manières bizarres ? À quoi sert ce vieux bout de bâton ?

Insulté, Rapapipe essaya de nouveau de se débarrasser de la jeune impertinente. Mais rien à faire, l'apparition refusait de disparaître. Le magicien inspecta alors la baguette et se rendit compte, horreur ! que le bois était humide et froid. Quel imprudent il avait été ! Il l'avait oubliée sur le bord de la fenêtre, la veille, et elle avait passé toute la nuit exposée au danger. Quel vilain rhume elle avait dû attraper! Comment avait-il pu être aussi négligent? Il en aurait pleuré de dépit. Comme on allait se moquer de lui, au prochain congrès des magiciens, si la chose se savait! Même un apprenti sorcier de première année savait respecter la règle sacrée: toujours garder la baguette dans un endroit sec!

Mais une pensée plus terrifiante encore frappa son esprit: le médecin spécialiste, le rhumato-flûtologue, était en voyage de noces en Italie! Qu'allait-il devenir, entre-temps, avec cette créature sur les bras?

Il n'eut pas à réfléchir longtemps, car la jeune fille commença à le harceler de questions:

— Qui êtes-vous? Où suis-je? N'y a-t-il donc personne d'autre que vous dans cette grande maison déserte? Avez-vous des atacas*? Y a-t-il des

---

* *Ataca* (ou *atoca*) est un mot d'origine amérindienne qui signifie «airelle des marais». Il désigne un petit fruit rouge, au goût légèrement acide, qu'on appelle aussi «canneberge».

atacas à manger ici ? J'adore les atacas. J'en mange tous les jours. Si j'en manque, je suis dans tous mes états... Mais enfin, répondez quelque chose!

Rapapipe en était bouche bée. Il avait réclamé une princesse, or était apparue une chipie dévoreuse d'atacas! Redoutant la colère de la chipie, il voulut la mettre au fait de la situation.

— Je crois qu'il y a eu malentendu, commença-t-il. Voyez-vous, je suis magicien et...

— Ah ça, oui, renchérit-elle, on peut vraiment dire qu'il y a eu malentendu! Jamais de ma vie je n'ai souhaité me trouver dans un endroit pareil! Et je n'ai que faire d'un magicien qui ne sait rien faire de ses deux mains!

Ça alors! Comment osait-elle? Cette fille ne lui plaisait pas, certes, mais il était renversé d'apprendre qu'elle éprouvait le même sentiment à son égard! Quelle jeune femme, en

effet, ne souhaiterait pas faire la rencontre d'un magicien?

— Mais je peux faire tout ce que je veux avec mes mains! rétorqua Rapapipe, vexé.

Il prit sa baguette et, dans le but d'impressionner la visiteuse, commanda un succulent petit-déjeuner. Il avait d'ailleurs très faim, sans compter qu'il devait prendre des forces pour affronter cette chipie.

Quelle humiliation! Au lieu des fruits juteux et des petits pains savoureux qu'il avait réclamés, une vilaine dinde congelée, à moitié déplumée, apparut! Rapapipe en eut la chair de poule!

3

UN FESTIN RATÉ,
UN DESTIN CHANGÉ

En apercevant ce drôle de festin, la jeune femme pouffa. Elle dut attendre que son fou rire se calme avant de déclarer :

— Eh bien, vous en mangez de drôles de choses, dans ce pays, le matin !... Si au moins il y avait des atacas pour accompagner la dinde !

Et elle éclata de rire de plus belle. Son rire devint si contagieux que Rapapipe se laissa gagner par le comique de la situation. Il pouffa à son tour.

Lorsque les deux jeunes gens retrouvèrent leur sérieux, Rapapipe insista pour expliquer à la jeune fille comment elle avait atterri chez lui. L'inconnue l'écouta attentivement, éprouvant tour à tour de la surprise, de la colère et du dépit. Lorsque Rapapipe cessa de parler, elle lui fit remarquer :

— Voyez où cela vous a conduit de compter sur la magie ! Il ne faut pas vous laisser mener ainsi par le bout d'une baguette !

— Ce n'est pas ma faute, rétorqua Rapapipe, je suis né magicien. Et, jusqu'ici, je m'en suis tiré fort bien.

— Mais vous ne savez rien faire de vos dix doigts, à part secouer une baguette en répétant le même refrain : « Je veux ceci, je veux cela. » Ce n'est pas très malin !

— Vous exagérez, protesta Rapapipe. J'ai passé dix années de ma vie
à l'Académie des magiciens. Si vous
croyez que les mathématiques et le
français, c'est difficile, vous n'avez
jamais étudié la magie!

— Il vous a fallu dix ans pour
apprendre à vous servir d'un morceau de bois?!

L'inconnue regarda avec dédain la
dinde dodue qui décongelait docile-
ment, puis ajouta:

— Vous ne savez même pas cuisiner. En réalité, vous ne connaissez rien. N'êtes-vous pas las de ne rien savoir faire ?

— Faire quoi ? demanda le magicien.

La visiteuse répondit en montrant le drôle de petit-déjeuner qui était apparu :

— Eh bien, vous pourriez préparer vous-même vos repas. N'avez-vous jamais eu envie de confectionner un pain, un gâteau ? Connaissez-vous la douceur de la farine, l'odeur du pain qui cuit ? Et la joie de faire pousser les légumes, la satisfaction de les cueillir ?

La jeune inconnue regarda autour d'elle.

— Tout est si beau ici ! Mais vous ne connaissez que le bonheur de regarder, de toucher, d'utiliser. Si vous aviez construit une seule pièce de votre château, si vous aviez planté quelques-unes de vos fleurs, votre joie serait beaucoup plus grande encore! Connaissez-vous le travail qu'accomplit la graine avant de devenir une fleur, et la fierté de cette dernière quand elle s'ouvre enfin, au premier matin? Vous est-il arrivé d'être jardinier, ne serait-ce qu'une seule journée? Savez-vous quels soins continuels on doit apporter à un jardin pour que toutes les fleurs puissent un jour éclore?

Les paroles de la jeune fille piquèrent la curiosité de Rapapipe. Comment, en effet, les choses étaient-elles conçues, fabriquées? Comment les fleurs poussaient-elles? Et les atacas? Même les fleurs autour de lui, dressées au bout de leur tige, voulaient savoir: «Je viens d'où? Nous as-tu créées de tes mains, magicien?»

Rapapipe examina ses mains. À cet instant précis, il aurait aimé que la baguette magique lui accorde le pouvoir de fabriquer tout ce qu'il voulait. Mais aucune baguette ne possédait un tel pouvoir. Si Rapapipe voulait bâtir, construire, il fallait d'abord commencer par apprendre.

Après un moment de réflexion, il proposa à son invitée :

— Pourquoi ne resteriez-vous pas ici quelques jours ? Vous semblez connaître tant de choses. Moi, je suis désireux d'apprendre…

UN DÉPART
REPORTÉ

La jeune fille se radoucit quelque peu. Puis un éclair de colère passa dans ses yeux.

— Rester ? Ai-je vraiment le choix ? Comment repartir si votre baguette ne fonctionne même pas ?… Et mes parents qui vont se faire du souci ! Ils s'attendent à me trouver chez ma tante à leur retour.

Rapapipe se rendit compte alors qu'il ignorait tout de la jeune fille. Il n'avait pensé qu'à la baguette magique et à la princesse rêvée. Il ne s'était pas demandé d'où l'inconnue venait, si quelqu'un l'attendait quelque part.

— Je ne voudrais pas que vos parents s'inquiètent à cause de moi.

La visiteuse réfléchit à haute voix :

— Il ont quitté la maison rapidement pour se rendre au chevet d'un ami malade. Ils ne reviendront sûrement pas avant un jour ou deux…

— Et vous deviez passer ces deux jours avec votre tante ?

— Oui. D'ailleurs, je me rendais chez elle lorsque, soudainement, tout est devenu noir. Quand j'ai rouvert les yeux, j'étais ici. Heureusement, mes parents n'ont pas eu le temps de prévenir ma tante de mon arrivée, alors elle ne s'inquiétera pas de mon retard.

Le magicien voulut ensuite savoir d'où venait la jeune fille.

LE MYSTÈRE DE L'ÎLE-AUX-MILLE-ET-UNE-PIERRES

Rapapipe était très fier de faire visiter son château, même s'il ne l'avait pas construit lui-même. La jeune fille, qui s'appelait Élise, semblait vivement intéressée par ce qu'elle découvrait.

— Vous savez, expliqua-t-elle au magicien, sur mon île, les maisons sont très modestes. On ne trouve ni tourelles ni donjons. Nous construisons nous-mêmes nos habitations.

La visiteuse impressionna le maître des lieux. Dans chaque pièce où elle pénétrait, elle apprenait quelque chose à Rapapipe. Quand ils arrivèrent dans la cuisine, une épaisse fumée s'échappait de l'âtre ; Élise conseilla alors au magicien de ramoner la cheminée.

— Il y a probablement trop de suie accumulée sur les parois. Il suffirait de l'enlever et le tour serait joué.

Élise proposa de préparer un léger goûter puisqu'elle n'avait encore rien mangé depuis son arrivée. Avec un peu de laitue, une tomate, quelques fines herbes, un morceau de fromage et un soupçon d'huile et de jus de citron, elle prépara en un tournemain une délicieuse salade.

Rapapipe observa attentivement ses gestes. Il la questionna aussi sur la manière de confectionner une omelette, son mets préféré, car il ten-

terait de la préparer lui-même doré-
navant.

À table, le magicien redemanda
de la salade trois fois.

— Je n'en ai jamais mangé d'aussi
bonne!

— C'est mon grand-père qui m'a
montré. C'était le plat préféré de son
grand-père à lui.

Elle devint songeuse un instant,
puis ajouta:

— C'est à cause de lui, le grand-
père de mon grand-père, que notre
île porte un nom si étrange…

— Racontez-moi, pendant que
nous mangeons… J'aimerais telle-
ment connaître l'histoire de votre
île…

Élise se fit prier un peu, puis
accepta de satisfaire la curiosité du
magicien.

— Eh bien, puisque vous insis-
tez… Il y a très longtemps, notre île
n'était habitée par personne. Elle
s'appelait simplement « l'Île ». Elle
était située en face d'un village qui

portait un drôle de nom : Saint-Nom-des-Saints. Chaque dimanche, en été, les habitants du village allaient pique-niquer sur l'Île.

La semaine, l'Île restait déserte – ou presque. Parmi les villageois, il y avait un homme qui s'y rendait tous les jours. C'était le grand-père de mon grand-père. Il partait à l'aube, en canot, glissait sur l'eau, accostait à un endroit secret. Il disparaissait ensuite dans la forêt.

« Le vieux Lucien », comme les gens l'appelaient, était muet…

— Que c'est triste !

— Pas tout à fait, objecta Élise. Le vieux Lucien, d'après ce qu'on m'a dit, aimait beaucoup le silence…

La jeune fille poursuivit son récit :

— Le vieux Lucien partait donc chaque jour pour l'Île. Il allait y re-trouver ses amis les animaux. Pour tout dire, il préférait la compagnie des bêtes à celle des humains. Les villageois étaient toujours trop pressés, trop impatients. Ils ne cherchaient pas vraiment à comprendre ce que tentait de leur dire, avec des gestes, le vieux Lucien : « Quoi ? Hein ? Que veux-tu dire ? Je ne comprends rien ! »

Avec les animaux, c'était différent. Ils avaient accueilli avec grande amitié l'homme enveloppé de silence. Le vieux Lucien avait apprivoisé chaque animal, un à un, avec ses mains, avec son cœur. Entre le vieil homme et les bêtes s'était ainsi développée une complicité qu'il n'avait jamais trouvée ailleurs.

Ses amis et sa vie sur l'Île furent le secret le mieux gardé dans son cœur de vieil homme...

— Comment cela pouvait-il être un secret puisque vous me le racontez aujourd'hui ? interrompit de nouveau Rapapipe.

— Les gens de l'Île n'ont découvert ce secret que beaucoup plus tard... à cause du journal que tenait

le vieux Lucien. Quoi qu'il en soit, reprit Élise, le renard courait à la rencontre du vieux Lucien dès qu'il accostait sur l'Île. Il sautait sur son épaule et enfonçait son museau dans la chemise ouverte. Les deux compères s'engageaient ensuite sur un sentier où les attendaient les lièvres, les écureuils et les ratons laveurs. Dans les arbres au-dessus d'eux, les oiseaux sautillaient de branche en branche en chantant. Bientôt, une procession se formait le long du sentier. Souvent, un chevreuil, un orignal et même un ours se joignaient au cortège. Lorsque le vieux Lucien se retournait, il éprouvait toujours une grande joie. Personne sur terre ne comptait autant d'amis que lui.

Un jour, au cours d'une fête qu'avaient organisée en son honneur tous les habitants de la forêt, il avait patiemment compté toutes les raisons de son bonheur : il y en avait mille, exactement. Oui, il était ami avec mille animaux.

— Mais je ne comprends pas! objecta Rapapipe. Cet endroit s'appelle l'Île-aux-Mille-et-Une-Pierres, et vous me parlez de mille animaux…

Élise eut un mouvement d'impatience.

— Cessez de m'interrompre tout le temps! Je ne terminerai jamais mon histoire si vous me posez des questions sans arrêt… Attendez la suite du récit, tout s'expliquera.

Le magicien, qui craignait que son invitée ne se fâche de nouveau, n'osa même plus manger en écoutant la suite.

— Le bonheur du vieux Lucien ne dura pas. Une année, la sécheresse, puis la famine frappèrent Saint-Nom-des-Saints. Les habitants du village firent bravement face à leur malheur pendant plusieurs mois. Mais, après avoir consommé tout le blé, après avoir cueilli et mangé tout ce qui se cueillait et se mangeait, ils n'eurent plus le choix: ils se tournèrent vers les chiens et les chats, puis les chevaux et les rats. C'était terrible.

La conteuse fit une pause. Le magicien frissonna, mais ne dit mot.

— Les gens étaient désespérés. Lui-même affamé et affaibli, le vieux Lucien se demandait s'il survivrait un autre mois. Il n'avait même plus la force de se rendre à son refuge favori. Mais un jour, le regard des villageois se tourna vers l'Île. Il comprit alors que la faim mènerait les siens vers le gibier là-bas. Que faire ? Il ne pouvait empêcher les gens d'aller chasser pour éviter de mourir de faim. Mais il ne pouvait se résoudre non plus à l'idée que ses amis perdraient la vie pour nourrir les villageois. La mort dans l'âme, épuisé d'avoir trop pleuré, il s'endormit un soir au milieu de ses tristes pensées...

— Mais c'est terrible ! s'écria Rapapipe. Un homme si bon ! Vivre un tourment pareil !

— ... Le vieux Lucien fit un rêve. Il vit la pluie tomber sur son village. Il

vit les champs reverdir et offrir de nouveau de quoi approvisionner tous les habitants de Saint-Nom-des-Saints. À son réveil, il était convaincu que son rêve annonçait la fin du malheur qui les avait frappés. D'ailleurs, le ciel, à l'horizon, se couvrait déjà de lourds nuages. Il sortit de sa maison et courut de porte en porte annoncer la bonne nouvelle avec des gestes énervés. Mais les gens, affamés depuis trop longtemps, se préparaient pour la chasse. Le vieux Lucien ne réussit pas à les convaincre d'attendre. Il rassembla donc le peu de forces qu'il lui restait et traversa jusqu'à l'Île. Là, il convoqua ses amis les animaux à une réunion extraordinaire. Il leur expliqua, avec force gestes, qu'ils devaient se cacher, car on viendrait bientôt chasser…

Élise ferma les yeux.

— … Soudain, un bruit terrible retentit dans la forêt. Un coup de fusil était parti et avait atteint le grand-père de mon grand-père en plein cœur.

— Oh non! s'écria Rapapipe dans un souffle.

— La mort du vieux Lucien était accidentelle : les villageois n'avaient pas reconnu la forme humaine au milieu des animaux…

— C'est la fin de l'histoire? s'enquit le magicien, inquiet.

— Non, répondit Élise tristement. Un autre drame survint. Lorsque les chasseurs affamés se ruèrent sur les animaux qu'ils venaient d'abattre, ils furent glacés d'effroi : toutes les bêtes, en mourant, s'étaient transformées en pierre, chacune dans la position où la mort l'avait trouvée. Le destin avait exaucé le désir du vieux Lucien en empêchant les villageois d'utiliser ses amis comme gibier. Terrifiées, plusieurs personnes prirent leurs jambes à leur cou. D'autres restèrent là, immobiles, pleurant la perte de celui qu'ils n'avaient jamais pris le temps de comprendre. Lorsque la pluie se mit à tomber, elle se mêla à leurs larmes. Devant eux se dressaient les statues de pierre de mille animaux... plus celle du vieux Lucien. Peu de temps après, on baptisa l'endroit l'Île-aux-Mille-et-Une-Pierres...

Rapapipe avait le cœur serré. Quelle triste fin pour le vieux Lucien !

— L'endroit est devenu un lieu de pèlerinage. Plus tard, des gens ont décidé de s'y installer. Mes grands-parents étaient parmi ceux-là.

— Vous aviez raison, reconnut le magicien, tout s'éclaire à la fin.

Puis, curieux, il demanda à Élise si elle les avait vues, les mille et une pierres.

— Oui! Mais le passage du temps, la pluie et le vent ont changé leur aspect. Parfois, il est même impossible de reconnaître quel animal dort de son sommeil minéral. Si on observe bien, cependant, on peut apercevoir ici une oreille de lapin, là un museau de mulot. Et si on examine la pierre du vieux Lucien et qu'on scrute son visage avec attention, on découvre quelque chose.

— Ah?

— Oui, mon grand-père me l'a montré… On voit l'ombre d'un sourire sur la bouche du vieux Lucien, sa bouche usée par le temps…

Puis Élise ajouta, rêveuse:

— C'est le sourire d'un homme qui vit en paix, depuis plus de cent ans, parmi les bêtes qu'il aime tant…

Les jeunes gens demeurèrent silencieux un long moment. Élise pensait au grand-père de son grand-père : elle aurait tant aimé le connaître ! Rapapipe, lui, se disait qu'il échangerait volontiers son château contre un renard qui glisserait son museau dans le col de son manteau...

6

AU TOUR D'ÉLISE
D'ÊTRE SURPRISE

Rapapipe n'en revenait pas : son invitée savait ramoner une cheminée, cuisiner… et raconter des histoires belles à faire pleurer ! Il comprit pourquoi, tout à coup, la baguette magique ne l'avait pas impressionnée !

Encore ému par l'histoire qu'il venait d'entendre, il déclara à Élise :

— Vos ancêtres n'ont pas eu la vie facile : la sécheresse, la famine, la mort tragique du vieux Lucien. Ils ont dû faire preuve de beaucoup de courage.

— C'est juste ! Et ils m'ont enseigné à être courageuse et débrouillarde. Mais mon grand-père me répète souvent que j'ai beaucoup à apprendre encore !

En prononçant ces paroles, la jeune fille sourit mystérieusement.

— Vraiment ? Que manque-t-il à vos connaissances ?

— Eh bien, mes parents, par exemple, estiment que je dois surtout apprendre... la patience. Vous l'avez sans doute constaté, je m'emporte parfois un peu vite...

Le magicien sourit à son tour.

— Oui, j'ai remarqué. Mais vous avez tant d'autres qualités. Quel bel héritage vous avez reçu ! Peut-être que si j'avais eu des ancêtres comme les vôtres, je serais aussi plus débrouillard, plus habile de mes mains...

— Parlez-moi de vos ancêtres à vous, interrompit la jeune fille. Est-ce qu'un magicien a une famille, des parents ? Est-ce que vous avez, vous aussi, des ancêtres ?

— Bien sûr que j'ai des ancêtres! Venez, suivez-moi…

Les jeunes gens traversèrent un hall bordé de larges fenêtres. Toute la lumière du monde semblait s'y déverser. Élise voyait des arbres qui se balançaient dans la brise. Elle entendait, au loin, le chant des oiseaux. Le parfum des fleurs embaumait l'air.

— C'est magnifique, ici, remarqua-t-elle.

Le magicien la guida vers une porte à l'extrémité du hall. Il l'ouvrit et céda le passage à son invitée.

D'étonnement, la jeune fille s'immobilisa. Devant elle se dressait une foule de personnages singuliers. Certains étaient présentés dans des tableaux ; d'autres, sous forme de statues et de bustes. Un des tableaux montrait un cavalier chevauchant

des nuages floconneux ; un autre, une jeune femme drapée de voiles qui s'élevait de terre dans un tourbillon de poussière. Dans un coin de la pièce, un enfant sculpté dans le marbre jonglait avec des étoiles. Élise leva un regard interrogateur vers son hôte.

— Voilà mes ancêtres, déclara le magicien.

— C'est étonnant, fit remarquer Élise, vos aïeuls semblent tous attirés vers le ciel !

Élise se tourna ensuite vers une statue imposante qui évoquait un être étrange, mi-femme mi-oiseau, les ailes déployées.

— Qui est-ce ? demanda-t-elle.

— Aiglefine, ma grand-mère. Elle a toujours veillé sur moi, du moins jusqu'à sa mort.

— Et vos parents ?...

— Oh, il vivent comme des oiseaux sur la branche. Il voyagent constamment, faisant très rarement escale ici.

La jeune fille se rapprocha d'Aigle-fine. La sculpture était magnifique. La femme-oiseau semblait sur le point de se libérer de la pierre et de s'envoler.

— Vous avez réussi à donner tant de grâce et de légèreté à cet objet inanimé! Il est certain que vous aimez les oiseaux et qu'ils vous inspirent beaucoup.

7

DE SURPRISE
EN SURPRISE

Tout ce qui touchait les oiseaux fascinait Rapapipe. Au château, il y en avait de toutes les couleurs et de toutes les formes. Le magicien en avait même inventé quelques espèces. Ses amis volatiles circulaient librement chez lui, à l'intérieur comme à l'extérieur. Grâce à sa baguette magique, il avait aussi donné à plusieurs d'entre eux la faculté de parler. Il expliqua pourquoi à la visiteuse:

— Je peux ainsi savoir ce qu'ils préfèrent manger, où ils aiment nicher, comment les protéger. Et j'apprécie beaucoup les nouvelles du monde entier que me rapportent les oiseaux migrateurs; sans oublier les nouvelles inventions dont j'apprends l'existence et que je peux reproduire ici.

Après un moment de réflexion, Élise déclara:

— Vous n'êtes pas habile de vos mains, mais je vois que vous ne manquez pas d'imagination...

Rapapipe sourit: c'était le deuxième compliment qu'elle lui adressait. Pour la remercier, il appela à lui quelques oiseaux et leur demanda si l'un deux avait des nouvelles de l'Île-aux-Mille-et-Une-Pierres.

— Nous aimerions savoir si les parents d'Élise sont encore au chevet de leur ami, et comment se porte le malade.

Un merle se posa sur le bras du magicien.

— Tout va bien, le rassura-t-il. Il ne souffrait que d'une indigestion. Quant aux parents de votre invitée, ils ont l'intention de rentrer chez eux dans quelques heures.

En entendant ces mots, Élise s'inquiéta.

— Il faut réparer la baguette magique au plus vite! Imaginez! Si mes parents ne me trouvent pas chez ma tante lorsqu'ils viendront m'y chercher, ce sera un drame!

Le cœur de Rapapipe se serra: la visite de la jeune fille tirait donc à sa fin! Mais il ne pouvait retenir Élise contre son gré, sinon elle se fâcherait encore.

— N'ayez crainte, nous trouverons bien le moyen de réparer cette baguette. Retournons là où nous l'avons laissée.

Les deux jeunes gens empruntèrent un long corridor. Une musique délicieuse parvint à leurs oreilles.

Élise s'arrêta, cherchant d'où provenaient les sons si doux. Le magicien, devinant sa question, ouvrit alors une porte.

C'était une salle de bal immense, somptueuse. La musique semblait remplir tout l'espace. Très distinctement, on entendait aussi le bruit de pas glissant sur le parquet et le frou-frou d'étoffes soyeuses. On aurait dit qu'une véritable soirée de bal se déroulait là… mais il n'y avait qu'eux dans la pièce!

Près des grandes fenêtres, Élise aperçut des archets qui glissaient sur des violons flottant dans l'espace. Personne! Pourtant, elle sentait le frôlement de corps invisibles, le souffle court des danseurs, les mouvements des musiciens. À la fois étonnée et ravie, elle se tourna vers Rapapipe, qui lui expliqua:

— Je passe beaucoup de temps ici, emporté par la magie de la musique et des violons.

— Et pourquoi y a-t-il des danseurs aussi?

Rapapipe sembla surpris d'une telle question.

— Mais pour montrer à la musique combien je l'aime!

Au même moment, l'orchestre entama une valse. Le magicien tendit une main à Élise.

— M'accorderiez-vous cette danse?

Troublée, la jeune fille bégaya:

— Mais… c'est que je… je ne sais pas danser…

— Oh, c'est très simple. Il suffit de vous laisser guider par la musique. Tenez, suivez-moi…

Et, sans plus attendre, il l'entraîna dans un tourbillon follement amusant qui la laissa, à la fin de la valse, étourdie, à bout de souffle, mais extrêmement heureuse.

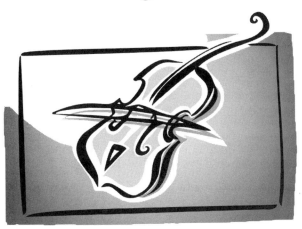

8

POINT DE
DÉPART

Élise quitta à regret la salle de bal.

— C'est à votre tour de m'étonner, confia la jeune fille à son hôte. Vous avez des talents que je ne soupçonnais pas!

Rapapipe, confus, protesta.

— J'ai beaucoup d'idées, mais il y a plein de choses que j'ignore, je m'en rends compte maintenant. Je peux faire apparaître des violons et des musiciens, mais j'ignore comment jouer moi-même de cet instrument.

— Je vous montrerai, lui promit Élise.

— Parce que vous jouez aussi du violon ?!

— N'oubliez pas : nous vivons isolés, sur l'Île. Les soirées sont longues, surtout en hiver. C'est pourquoi la plupart d'entre nous jouent d'un instrument. Nous organisons des soirées de musique et de chant… Mais, je n'avais jamais appris à danser, jusqu'à maintenant…

Rapapipe se dit qu'il aimerait bien rendre visite à Élise un jour. Il brûlait de connaître l'Île-aux-Mille-et-Une-Pierres et ses habitants.

Le magicien offrit à son invitée de manger quelque chose avant de repartir.

— J'ai appris une foule de choses aujourd'hui ! Accordez-moi le plaisir de mettre mon savoir en pratique. Que diriez-vous, par exemple, si je nous préparais une omelette ?

Élise accepta de bon cœur.

Pendant que Rapapipe cuisinait, il pensa avec bonheur à tous les nouveaux défis qui l'attendaient : réparer le pont-levis, construire des mangeoires pour les oiseaux et, surtout, cultiver des atacas dans le marais à proximité du château.

De son côté, Élise se rendait compte qu'elle avait jugé le magicien un peu vite. Il était plein de bonne volonté et d'imagination... Et il apprenait vite et bien, à en juger par l'odeur délicieuse de l'omelette qu'il déposa sur la table !

À la fin du repas, un étrange silence envahit tout à coup la pièce.

Sur le dessus de la commode, à côté d'un livre ancien, la baguette magique attendait, rappelant aux jeunes gens que le temps passait...

Élise finit par dire :

— Il faudrait bien, maintenant, essayer de la réparer, cette baguette. Elle vous servira encore sûrement … ne serait-ce que pour m'inviter à revenir vous voir. J'accepterais avec plaisir, vous savez…

Rapapipe avait la gorge serrée. La jeune femme s'était transformée depuis son arrivée… ou bien son regard à lui avait-il changé? Elle avait la beauté des êtres pleins de ressources et d'énergie, les yeux brillants de vivacité et d'espièglerie. Comment avait-il pu rêver d'une princesse empêtrée dans ses froufrous et ses bijoux, qui n'aurait su ni courir ni bâtir?

Rapapipe se leva, se retourna, prit délicatement la baguette magique. À regret, il la tendit à son invitée et dit ensuite simplement:

— Je vais bientôt entreprendre la culture des atacas. Reviendrez-vous m'aider, pour la récolte?

Élise sourit. Dans ses yeux brillait une lueur espiègle.

— À condition que vous veniez, vous aussi, à l'Île-aux-Mille-et-Une-Pierres. Tous les habitants seraient enchantés d'apprendre à danser.

— Marché conclu, répondit alors un Rapapipe ravi.

TABLE DES MATIÈRES

Christine Bonenfant

À ma naissance, j'ai hérité d'un nom de famille prédestiné : Bonenfant. Beaucoup plus tard, je devenais la marraine d'un enfant adorable, Jean-François. Si mon destin de raconteuse d'histoires s'est réalisé, je le dois à mon filleul. Que n'aurais-je inventé, le soir, à la lueur d'une lampe, au fil des saisons, pour le faire rire et pleurer, rêver et voyager !

Puis j'ai été prise au jeu : quand Jean-François s'est mis à grandir démesurément, je n'ai pu arrêter d'aller jouer dans ma tête. Il me fallait continuer à inventer des personnages et des aventures. C'est ainsi que j'ai commencé à écrire, pour faire plaisir à la grande enfant que je demeure – et à mes jeunes lecteurs !

Il m'arrive aussi, parfois, d'enseigner un peu le français et d'écrire pour les adultes. Le reste du temps, je continue à aimer Jean-François, j'essaie de profiter de la vie et, bien sûr, je ne cesse de me raconter des histoires !

SÉSAME

Collection Sésame